Sonetos de Luís de Camões

Sonetos de Luís de Camões

escolhidos por
Eugénio de Andrade

ASSÍRIO & ALVIM

Título: **SONETOS DE LUÍS DE CAMÕES** — escolhidos por Eugénio de Andrade
© 2022, Herdeiros de Eugénio de Andrade

1ª. Edição, 2022

Design: © Porto Editora S. A.

Supervisão de arte: Carlos Renato

Revisão de texto: Alessandro Thomé

Dados Internacionais de Catalogação na Publicação (CIP)
(Câmara Brasileira do Livro, SP, Brasil)

Sonetos de Luís de Camões / escolhidos por Eugénio
de Andrade. -- São Paulo : Autores e ideias :
Assírio & Alvim, 2022.
ISBN 978-65-993688-9-9
1. Camões, Luís de, 1524-1580 2. Poesia portuguesa
I. Andrade, Eugénio de, 1923-2005.

22-106793   CDD-869.1

Índices para catálogo sistemático:
1. Poesia : Literatura portuguesa 869.1
Maria Alice Ferreira - Bibliotecária - CRB-8/7964

Todos os direitos reservados. Nenhuma parte desta publicação poderá ser reproduzida por qualquer meio ou forma sem prévia autorização de Autores e Ideias Editora Ltda. A violação dos direitos autorais é crime estabelecido na Lei nº 9.610/98 e punido pelo artigo 184 do Código Penal.

ASSÍRIO & ALVIM é um selo editorial publicado no Brasil pela Autores e Ideias Editora Ltda. sob licença da Porto Editora S.A.

Contato: assirioealvimbrasil@gmail.com
@assiriobr
www.assirio.com.br

A SUPREMA FESTA

Eugénio de Andrade

Uns meses atrás, um amigo perguntou-me qual era o mais fascinante livro de poesia escrito em português. Respondi-lhe sem hesitar que seria o livro de sonetos de Camões escolhidos por mim.

Sucedeu então uma coisa curiosa: eu, que jamais pensara fazer tal livro, fui inteiramente dominado pela ideia, e passados três ou quatro dias, tinha em cima da mesa de trabalho várias edições da lírica camoniana. Tornou-se então claro para mim que, sobretudo, o que precisava era de ocupar o espírito com um trabalho absorvente. Acabara havia pouco tempo um volume de poemas e sentia-me como se tivesse vomitado a própria alma. Este «Camões» nasceu dessa necessidade, e ainda do desejo de retribuir a gentileza de um amigo, que, além de amar a poesia, também gostava dos jacarandás de Lisboa. Durante meses, voltei a ler, com voluptuosa paixão, a poesia desse homem que a grandeza e o tempo converteram na figura emblemática do país, ou seja, como diz Nemésio, «o responsável pelas tábuas da Lei do nosso Sinai de povo de missão». Esse mesmo, em quem um ensino retrógrado se vingou no seu ódio à poesia e que tanto contribuiu para ninguém o ler. O Camões que neste voluminho encontraremos é o outro, *o que não serve para discursos na Assembleia da República, nem para manifestações, em feriados nacionais, com charanga e foguetes.*

Apenas serve, e não é pouco, para espelho da nossa aflição, ou consolo dessa errância sem destino, em busca de algum paraíso que só tem forma e figura na nossa imaginação.

Sempre pensei que a minha escolha não iria além dos 50 sonetos. Sem me fixar no número, depois de sérias perplexidades, escolhi 54. Por fim, acertei as contas. Parti, naturalmente, da edição das Rimas de Costa Pimpão *(1973), cuja lição também segui na fixação dos textos (a não ser em coisas insignificantes de pontuação), exceto num único caso. Mas não ignorava que trabalhos posteriores continuavam a pôr problemas textuais e de autoria. Estou a pensar na inacabada e já incontornável edição de Leodegário A. de Azevedo Filho e nos ensaios fundamentais de Jorge de Sena e de Vítor Aguiar e Silva. Desde a origem, a minha era uma opção estética, que procurava contudo mover-se o mais possível num campo de autenticidade.*

Não era fácil o que me propunha. Camões, como toda a gente sabe, publicou apenas um soneto em vida. Que está longe de ser dos melhores dele, o mesmo acontecendo a vários outros que o exigente cânone mínimo (com triplo testemunho quinhentista) nos foi proposto pelo professor brasileiro. Tal cânone, reduzido a 65 peças (além de mais 25, em compasso de espera), exclui pura e simplesmente alguns dos mais belos versos atribuídos pela tradição impressa a Luís de Camões. Felizmente que nem Jorge de Sena nem Aguiar e Silva exigiram tantas «pruebas e repruebas». Mas mesmo tendo em conta o cânone de Sena (só até à edição de 1663) e o ensaio de Aguiar e Silva sobre as Rimas *de 1598*[1], *ainda ficam a pairar dúvidas, incertezas, suspeitas (são 136 os sonetos que integram a área contestada, no dizer de mestre Leodegário), sobre alguns da minha escolha. Um dos mais atingidos é justamente o célebre* O dia em que eu nasci morra e pereça, *que nem sequer é camoniano, como Agostinho de Campos, já em 1926, foi o primeiro a sublinhar, mas nem por isso o arredou da sua antologia. Aguiar e Silva, noutro ensaio notável, embora lhe levante várias reservas, acaba por afirmar: «não temos uma razão ou um argumento que nos autorizem a denegar, sem sombra de dúvida, a autoria camoniana do soneto». Propõe, contudo, restituir os versos «à sua lição originária», no que o seguimos.*

Volto às palavras iniciais: este é o mais fascinante livro da nossa poesia, a suprema festa da língua. E não apenas isso: estão aqui alguns dos raros versos — como dizer? — que participam da respiração do mundo e da pulsação das estrelas. Temos de pensar em nomes máximos, Virgílio, Dante, Shakespeare, S. João da Cruz, para encontrar igual esplendor. Igual, não maior. E não são exageros nacionalistas, que nunca tive, nem creio que venha a ter.

Junho 99

---

[1] Vítor Manuel de Aguiar e Silva, «A edição de 1598 das *Rimas* de Camões e a fixação do cânone da lírica camoniana», *Camões: Labirintos e Fascínios*, Lisboa, Cotovia, 1994.

EM LOUVOR DO SENHOR LUÍS DE CAMÕES,
QUE ESCREVEU EM LÍNGUA HISPÂNICA
DA VIAGEM DE VASCO

Vasco, de quem o mastro audacioso
de encontro ao sol que nos retraz o dia
as velas desfraldou, e que volvia
de onde só há naufrágio desastroso,

não mais, por ti, de um oceano alteroso
triunfa o que ao Ciclope impôs mestria,
nem o que na caverna entrou da Harpia,
nem mais merecem verso numeroso.

E agora que do Luís agudo e culto
tão alto se alça o voo sublimado
que a tua quilha não mais longe atinge,

pra quantos cobre o nosso pólo o vulto
e os que do oposto os astros hão fitado,
o Louro é del' com que te a Fama cinge.

TORCATO TASSO
(tradução de Jorge de Sena)

1.

Enquanto quis Fortuna que tivesse
Esperança de algum contentamento,
O gosto de um suave pensamento
Me fez que seus efeitos escrevesse.

Porém, temendo Amor que aviso desse,
Minha escritura a algum juízo isento,
Escureceu-me o engenho co tormento,
Para que seus enganos não dissesse.

Ó vós que Amor obriga a ser sujeitos
A diversas vontades! Quando lerdes
Num breve livro casos tão diversos,

Verdades puras são, e não defeitos.
E sabei que, segundo o amor tiverdes,
Tereis o entendimento de meus versos.

2.

Eu cantarei de amor tão docemente,
Por uns termos em si tão concertados,
Que dous mil acidentes namorados
Faça sentir ao peito que não sente.

Farei que amor a todos avivente,
Pintando mil segredos delicados,
Brandas iras, suspiros magoados,
Temerosa ousadia e pena ausente.

Também, Senhora, do desprezo honesto
De vossa vista branda e rigorosa,
contentar-me-ei dizendo a menor parte.

Porém, para cantar de vosso gesto
A composição alta e milagrosa,
Aqui falta saber, engenho e arte.

3.

Eu cantei já, e agora vou chorando
O tempo que cantei tão confiado;
Parece que no canto já passado
Se estavam minhas lágrimas criando.

Cantei; mas se me alguém pergunta quando,
Não sei; que também fui nisso enganado.
É tão triste este meu presente estado,
Que o passado, por ledo, estou julgando.

Fizeram-me cantar, manhosamente,
Contentamentos não, mas confianças;
Cantava, mas já era ao som dos ferros.

De quem me queixarei, que tudo mente?
Mas eu que culpa ponho às esperanças,
Onde a Fortuna injusta é mais que os erros?

4.

Com grandes esperanças já cantei,
Com que os deuses no Olimpo conquistara;
Depois vim a chorar porque cantara
E agora choro já porque chorei.

Se cuido nas passadas que já dei,
Custa-me esta lembrança só tão cara
Que a dor de ver as mágoas que passara
Tenho pela mor mágoa que passei.

Pois logo, se está claro que um tormento
Dá causa que outro na alma se acrescente,
Já nunca posso ter contentamento.

Mas esta fantasia se me mente?
Oh! ocioso e cego pensamento!
Ainda eu imagino em ser contente?

5.

A formosura desta fresca serra,
E a sombra dos verdes castanheiros,
O manso caminhar destes ribeiros,
Donde toda a tristeza se desterra;

O rouco som do mar, a estranha terra,
O esconder do sol pelos outeiros,
O recolher dos gados derradeiros,
Das nuvens pelo ar a branda guerra;

Enfim, tudo o que a rara natureza
Com tanta variedade nos ofrece,
Me está, se não te vejo, magoando.

Sem ti, tudo me enoja e me aborrece;
Sem ti, perpetuamente estou passando
Nas mores alegrias mor tristeza.

6.

Correm turvas as águas deste rio
Que as do céu e as do monte as enturbaram;
Os campos florescidos se secaram;
Intratável se fez o vale, e frio.

Passou o verão, passou o ardente estio;
Umas cousas por outras se trocaram;
Os fementidos Fados já deixaram
Do mundo o regimento, ou desvario.

Tem o tempo sua ordem já sabida;
O mundo, não; mas anda tão confuso,
Que parece que dele Deus se esquece.

Casos, opiniões, natura e uso
Fazem que nos pareça desta vida
Que não há nela mais que o que parece.

7.

Está o lascivo e doce passarinho
Com o biquinho as penas ordenando;
O verso, sem medida, alegre e brando,
Espedindo no rústico raminho;

O cruel caçador (que do caminho
Se vem calado e manso desviando)
Na pronta vista a seta endireitando,
Lhe dá no Estígio lago eterno ninho.

Destarte o coração, que livre andava,
(Posto que já de longe destinado)
Onde menos temia foi ferido.

Porque o Frecheiro cego me esperava,
Para que me tomasse descuidado,
Em vossos claros olhos escondido.

8.

Pede o desejo, Dama, que vos veja,
Não entendo o que pede; está enganado.
É este amor tão fino e tão delgado,
Que quem o tem não sabe o que deseja.

Não há cousa a qual natural seja
Que não queira perpétuo seu estado;
Não quer logo o desejo o desejado,
Porque não falte nunca onde sobeja.

Mas este puro afecto em mim se dana;
Que, como a grave pedra tem por arte
O centro desejar da natureza,

Assim o pensamento (pela parte
Que vai tomar de mim, terrestre [e] humana)
Foi, Senhora, pedir esta baixeza.

9.

Quem fosse acompanhando juntamente
Por esses verdes campos a avezinha
Que, depois de perder um bem que tinha,
Não sabe mais que cousa é ser contente!

Quem fosse apartando-se da gente,
Ela, por companheira e por vizinha,
Me ajudasse a chorar a pena minha,
Eu a ela o pesar que tanto sente!

Ditosa ave! que ao menos, se a Natura
A seu primeiro bem não dá segundo,
Dá-lhe o ser triste a seu contentamento.

Mas triste quem de longe quis ventura,
Que, para respirar, lhe falte o vento,
E para tudo, enfim, lhe falte o mundo!

10.

Busque Amor novas artes, novo engenho,
Para matar-me, e novas esquivanças;
Que não pode tirar-me as esperanças,
Que mal me tirará o que eu não tenho.

Olhai de que esperanças me mantenho!
Vede que perigosas seguranças!
Que não temo contrastes nem mudanças,
Andando em bravo mar, perdido o lenho.

Mas, conquanto não pode haver desgosto
Onde esperança falta, lá me esconde
Amor um mal, que mata e não se vê;

Que dias há que na alma me tem posto
Um não sei quê, que nasce não sei onde,
Vem não sei como, e dói não sei porquê.

11.

Quando o Sol encoberto vai mostrando
Ao mundo a luz quieta e duvidosa,
Ao longo de uma praia deleitosa,
Vou na minha inimiga imaginando.

Aqui a vi, os cabelos concertando;
Ali, coa mão na face tão formosa;
Aqui, falando alegre, ali cuidosa;
Agora estando queda, agora andando.

Aqui esteve sentada, ali me viu,
Erguendo aqueles olhos tão isentos;
Aqui movida um pouco, ali segura;

Aqui se entristeceu, ali se riu.
Enfim, nestes cansados pensamentos
Passo esta vida vã, que sempre dura.

12.

Se as penas com que Amor tão mal me trata
Quiser que tanto tempo viva delas,
Que veja escuro o lume das estrelas
Em cuja vista o meu se acende e mata;

E se o tempo, que tudo desbarata,
Secar as frestas rosas sem colhê-las,
Mostrando a linda cor das tranças belas
Mudada de ouro fino em bela prata;

Vereis, Senhora, então também mudado
O pensamento e aspereza vossa,
Quando não sirva já sua mudança.

Suspirareis então pelo passado,
Em tempo quando executar-se possa
Em vosso arrepender minha vingança.

13.

Ditoso seja aquele que somente
Se queixa de amorosas esquivanças;
Pois por elas não perde as esperanças
De poder nalgum tempo ser contente.

Ditoso seja quem, estando ausente,
Não sente mais que a pena das lembranças;
Porque, inda que se tema de mudanças,
Menos se teme a dor quando se sente.

Ditoso seja, enfim, qualquer estado
Onde enganos, desprezos e isenção
Trazem o coração atormentado.

Mas triste quem se sente magoado
De erros em que não pode haver perdão,
Sem ficar na alma a mágoa do pecado.

14.

Quem vê, Senhora, claro e manifesto
O lindo ser de vossos olhos belos,
Se não perder a vista só em vê-los,
Já não paga o que deve a vosso gesto.

Este me parecia preço honesto;
Mas eu, por de vantagem merecê-los,
Dei mais a vida e alma por querê-los,
Donde já me não fica mais de resto.

Assim que a vida e alma e esperança
E tudo quanto tenho, tudo é vosso,
E o proveito disso eu só o levo.

Porque é tamanha bem-aventurança
O dar-vos quanto tenho e quanto posso
Que, quanto mais vos pago, mais vos devo.

15.

Transforma-se o amador na cousa amada,
Por virtude do muito imaginar;
Não tenho logo mais que desejar,
Pois em mim tenho a parte desejada.

Se nela está minha alma transformada,
Que mais deseja o corpo de alcançar?
Em si somente pode descansar,
Pois consigo tal alma está liada.

Mas esta linda e pura semideia,
Que, como um acidente em seu sujeito,
Assim coa alma minha se conforma,

Está no pensamento como ideia;
[E] o vivo e puro amor de que sou feito,
Como a matéria simples busca a forma.

16.

Suspiros inflamados, que cantais
A tristeza com que eu vivi tão ledo;
Eu morro e não vos levo, porque hei medo
Que ao passar do Lete vos percais.

Escritos para sempre já ficais
Onde vos mostrarão todos co dedo
Como exemplo de males; que eu concedo
Que para aviso doutros estejais.

Em quem, pois, virdes falsas esperanças
De Amor e da Fortuna, cujos danos
Alguns terão por bem-aventuranças,

Dizei-lhe, que os servistes muitos anos,
E que em Fortuna tudo são mudanças,
E que em Amor não há senão enganos.

17.

Amor é um fogo que arde sem se ver;
É ferida que dói e não se sente;
É um contentamento descontente;
É dor que desatina sem doer.

É um não querer mais que bem querer;
É um andar solitário entre a gente;
É nunca contentar-se de contente;
É um cuidar que ganha em se perder.

É querer estar preso por vontade;
É servir a quem vence, o vencedor;
É ter com quem nos mata, lealdade.

Mas como causar pode seu favor
Nos corações humanos amizade,
Se tão contrário a si é o mesmo Amor?

18.

Quando a suprema dor muito me aperta,
Se digo que desejo esquecimento,
É força que se faz ao pensamento,
De que a vontade livre desconcerta.

Assim, de erro tão grave me desperta
A luz do bem regido entendimento,
Que mostra ser engano ou fingimento
Dizer que em tal descanso mais se acerta.

Porque essa própria imagem, que na mente
Me representa o bem de que careço,
Faz-mo de um certo modo ser presente.

Ditosa é, logo, a pena que padeço,
Pois que da causa dela em mim se sente
Um bem que, inda sem ver-vos, reconheço.

19.

Erros meus, má fortuna, amor ardente
Em minha perdição se conjuraram;
Os erros e a fortuna sobejaram,
Que para mim bastava amor somente.

Tudo passei; mas tenho tão presente
A grande dor das cousas que passaram,
Que as magoadas iras me ensinaram
A não querer já nunca ser contente.

Errei todo o discurso de meus anos;
Dei causa [a] que a Fortuna castigasse
As minhas mal fundadas esperanças.

De amor não vi senão breves enganos.
Oh, quem tanto pudesse que fartasse
Este meu duro génio de vinganças!

20.

Sete anos de pastor Jacob servia
Labão, pai de Raquel, serrana bela;
Mas não servia ao pai, servia a ela,
E a ela só por prémio pretendia.

Os dias, na esperança de um só dia,
Passava, contentando-se com vê-la;
Porém o pai, usando de cautela
Em lugar de Raquel lhe dava Lia.

Vendo o triste pastor que com enganos
Lhe fora assim negada a sua pastora,
Como se a não tivera merecida,

Começa de servir outros sete anos,
Dizendo: — Mais servira, se não fora
Para tão longo amor tão curta a vida.

21.

Julga-me a gente toda por perdido,
Vendo-me tão entregue a meu cuidado,
Andar sempre dos homens apartado,
E dos tratos humanos esquecido.

Mas eu, que tenho o mundo conhecido,
E quase que sobre ele ando dobrado,
Tenho por baixo, rústico, enganado,
Quem não é com meu mal engrandecido.

Vá revolvendo a terra, o mar e o vento,
Busque riquezas, honras a outra gente,
Vencendo ferro, fogo, frio e calma;

Que eu só em humilde estado me contento
De trazer esculpido eternamente
Vosso formoso gesto dentro na alma.

22.

Vós que, de olhos suaves e serenos,
Com justa causa a vida cativais,
E que os outros cuidados condenais
Por indevidos, baixos e pequenos;

Se ainda do Amor domésticos venenos
Nunca provastes, quero que saibais
Que é tanto mais o amor depois que amais,
Quanto são mais as causas de ser menos.

E não cuide ninguém que algum defeito,
Quando na cousa amada se apresenta,
Possa diminuir o amor perfeito;

Antes o dobra mais; e se atormenta,
Pouco e pouco o desculpa o brando peito;
Que Amor com seus contrários se acrescenta.

23.

No tempo que de Amor viver soía,
Nem sempre andava ao remo ferrolhado;
Antes agora livre, agora atado,
Em várias flamas variamente ardia.

Que ardesse num só fogo, não queria
O Céu, por que tivesse exprimentado
Que nem mudar as causas ao cuidado
Mudança na ventura me faria.

E se algum pouco tempo andava isento,
Foi como quem co peso descansou,
Por tornar a cansar com mais alento.

Louvado seja Amor em meu tormento,
Pois para passatempo seu tomou
Este meu tão cansado sofrimento!

24.

Tanto de meu estado me acho incerto,
Que em vivo ardor tremendo estou de frio;
Sem causa, juntamente choro e rio;
O mundo todo abarco e nada aperto.

É tudo quanto sinto, um desconcerto;
Da alma um fogo me sai, da vista um rio;
Agora espero, agora desconfio,
Agora desvario, agora acerto.

Estando em terra, chego ao céu voando,
Numa hora acho mil anos, e é de jeito
Que em mil anos não posso achar uma hora.

Se me pergunta alguém porque assim ando,
Respondo que não sei; porém suspeito
Que só porque vos vi, minha Senhora.

25.

Oh, como se me alonga de ano em ano
A peregrinação cansada minha!
Como se encurta, e como ao fim caminha
Este meu breve e vão discurso humano!

Vai-se gastando a idade e cresce o dano;
Perde-se-me um remédio que inda tinha;
Se por experiência se adivinha,
Qualquer grande esperança é grande engano.

Corro após este bem que não se alcança;
No meio do caminho me falece;
Mil vezes caio e perco a confiança.

Quando ele foge, eu tardo; e na tardança,
Se os olhos ergo a ver se inda aparece,
Da vista se me perde, e da esperança.

26.

Aqueles claros olhos que chorando
Ficavam, quando deles me partia,
Agora que farão? Quem mo diria?
Se porventura estão em mim cuidando?

Se terão na memória, como ou quando
Deles me vim tão longe de alegria?
Ou se estarão aquele alegre dia
Que torne a vê-los, na alma figurando?

Se contarão as horas e os momentos?
Se acharão num momento muitos anos?
Se falarão coas aves e cos ventos?

Oh, bem-aventurados fingimentos,
Que nesta ausência tão doces enganos
Sabeis fazer aos tristes pensamentos!

27.

Aquela triste e leda madrugada,
Cheia toda de mágoa e de piedade,
Enquanto houver no mundo saudade
Quero que seja sempre celebrada.

Ela só, quando amena e marchetada
Saía, dando ao mundo claridade,
Viu apartar-se de uma outra vontade,
Que nunca poderá ver-se apartada.

Ela só viu as lágrimas em fio,
Que de uns e de outros olhos derivadas
Se acrescentaram em grande e largo rio.

Ela viu as palavras magoadas
Que puderam tornar o fogo frio,
E dar descanso às almas condenadas.

28.

Um mover de olhos, brando e piedoso,
Sem ver de quê; um riso brando e honesto,
Quase forçado; um doce e humilde gesto,
De qualquer alegria duvidoso;

Um despejo quieto e vergonhoso;
Um repouso gravíssimo e modesto;
Uma pura bondade, manifesto
Indício da alma, limpo e gracioso;

Um encolhido ousar; uma brandura;
Um medo sem ter culpa; um ar sereno;
Um longo e obediente sofrimento;

Esta foi a celeste formosura
Da minha Circe, e o mágico veneno
Que pôde transformar meu pensamento.

29.

Cara minha inimiga, em cuja mão
Pôs meus contentamentos a Ventura,
Faltou-te a ti na terra sepultura,
Por que me falte a mim consolação.

Eternamente as águas lograrão
A tua peregrina formosura;
Mas, enquanto me a mim a vida dura,
Sempre viva em minha alma te acharão.

E se meus rudes versos podem tanto
Que possam prometer-te longa história
Daquele amor tão puro e verdadeiro,

Celebrada serás sempre em meu canto;
Porque enquanto no mundo houver memória,
Será minha escritura teu letreiro.

30.

Ah minha Dinamene! Assim deixaste
Quem não deixara nunca de querer-te?
Ah Ninfa minha, já não posso ver-te,
Tão asinha esta vida desprezaste!

Como já para sempre te apartaste
De quem tão longe estava de perder-te?
Puderam estas ondas defender-te,
Que não visses quem tanto magoaste?

Nem falar-te somente a dura morte
Me deixou, que tão cedo o negro manto
Em teus olhos deitado consentiste!

Ó mar, ó céu, ó minha escura sorte!
Que pena sentirei que valha tanto,
Que inda tenha por pouco viver triste?

31.

Quando de minhas mágoas a comprida
Maginação os olhos me adormece,
Em sonhos aquela alma me aparece
Que para mim foi sonho nesta vida.

Lá numa soïdade, onde estendida
A vista pelo campo desfalece,
Corro para ela; e ela então parece
Que mais de mim se alonga, compelida.

Brado: — Não me fujais, sombra benina!
Ela, os olhos em mim cum brando pejo,
Como quem diz que já não pode ser,

Torna a fugir-me; e eu, gritando: — *Dina…*,
Antes que diga *mene*, acordo, e vejo
Que nem um breve engano posso ter.

32.

Alma minha gentil, que te partiste
Tão cedo desta vida descontente,
Repousa lá no Céu eternamente,
E viva eu cá na terra sempre triste.

Se lá no assento etéreo, onde subsiste,
Memória desta vida se consente,
Não te esqueças daquele amor ardente
Que já nos olhos meus tão puro viste.

E se vires que pode merecer-te
Alguma cousa a dor que me ficou
Da mágoa, sem remédio, de perder-te,

Roga a Deus, que teus anos encurtou,
Que tão cedo de cá me leve a ver-te,
Quão cedo de meus olhos te levou.

33.

O céu, a terra, o vento sossegado...
As ondas, que se estendem pela areia...
Os peixes, que no mar o sono enfreia...
O nocturno silêncio repousado...

O pescador Aónio que, deitado
Onde co vento a água se meneia,
Chorando, o nome amado em vão nomeia,
Que não pode ser mais que nomeado:

— Ondas, dizia, antes que Amor me mate,
Tornai-me a minha Ninfa, que tão cedo
Me fizestes à morte estar sujeita.

Ninguém lhe fala; o mar de longe bate;
Move-se brandamente o arvoredo;
Leva-lhe o vento a voz, que ao vento deita.

34.

Que me quereis, perpétuas saudades?
Com que esperança ainda me enganais?
Que o tempo que se vai não torna mais,
E se torna, não tornam as idades.

Razão é já, ó anos!, que vos vades,
Porque estes tão ligeiros que passais,
Nem todos para um gosto são iguais,
Nem sempre são conformes as vontades.

Aquilo a que já quis é tão mudado
Que quase é outra cousa; porque os dias
Têm o primeiro gosto já danado.

Esperanças de novas alegrias
Não mas deixa a Fortuna e o Tempo errado,
Que do contentamento são espias.

35.

De vós me aparto, ó vida! Em tal mudança,
Sinto vivo da morte o sentimento.
Não sei para que é ter contentamento,
Se mais há-de perder quem mais alcança.

Mas dou-vos esta firme segurança
Que, posto que me mate meu tormento,
Pelas águas do eterno esquecimento
Segura passará minha lembrança.

Antes sem vós meus olhos se entristeçam,
Que com qualquer cousa outra se contentem;
Antes os esqueçais, que vos esqueçam.

Antes nesta lembrança se atormentem,
Que com esquecimento desmereçam
A glória que em sofrer tal pena sentem.

36.

Doces lembranças da passada glória,
Que me tirou Fortuna roubadora,
Deixai-me repousar em paz uma hora,
Que comigo ganhais pouca vitória.

Impressa tenho na alma larga história
Deste passado bem que nunca fora;
Ou fora, e não passara; mas já agora
Em mim não pode haver mais que a memória.

Vivo em lembranças, morro de esquecido,
De quem sempre devera ser lembrado,
Se lhe lembrara estado tão contente.

Oh, quem tornar pudera a ser nascido!
Soubera-me lograr do bem passado,
Se conhecer soubera o mal presente.

37.

Pensamentos, que agora novamente
Cuidados vãos em mim ressuscitais,
Dizei-me: ainda não vos contentais
De terdes quem vos tem tão descontente?

Que fantasia é esta, que presente
Cada hora ante meus olhos me mostrais?
Com sonhos e com sombras atentais
Quem nem por sonhos pode ser contente?

Vejo-vos, pensamentos, alterados
E não quereis, de esquivos, declarar-me
Que é isto que vos traz tão enleados?

Não me negueis, se andais para negar-me;
Que, se contra mim estais alevantados,
Eu vos ajudarei mesmo a matar-me.

38.

Mudam-se os tempos, mudam-se as vontades,
Muda-se o ser, muda-se a confiança;
Todo o mundo é composto de mudança,
Tomando sempre novas qualidades.

Continuamente vemos novidades,
Diferentes em tudo da esperança;
Do mal ficam as mágoas na lembrança,
E do bem, se algum houve, as saudades.

O tempo cobre o chão de verde manto,
Que já coberto foi de neve fria,
E, em mim, converte em choro o doce canto.

E, afora este mudar-se cada dia,
Outra mudança faz de mor espanto,
Que não se muda já como soía.

39.

No mundo quis um tempo que se achasse
O bem que por acerto ou sorte vinha;
E, por exprimentar que dita tinha,
Quis que a Fortuna em mim se exprimentasse.

Mas por que meu destino me mostrasse
Que nem ter esperanças me convinha,
Nunca nesta tão longa vida minha
Cousa me deixou ver que desejasse.

Mudando andei costume, terra e estado,
Por ver se se mudava a sorte dura;
A vida pus nas mãos de um leve lenho.

Mas, segundo o que o Céu me tem mostrado,
Já sei que deste meu buscar ventura
Achado tenho já, que não a tenho.

40.

Amor, com a esperança já perdida,
Teu soberano templo visitei;
Por sinal do naufrágio que passei,
Em lugar dos vestidos, pus a vida.

Que queres mais de mim, que destruída
Me tens a glória toda que alcancei?
Não cuides de forçar-me, que não sei
Tornar a entrar onde não há saída.

Vês aqui alma, vida e esperança,
Despojos doces de meu bem passado,
Enquanto quis aquela que eu adoro:

Nelas podes tomar de mim vingança;
E se inda não estás de mim vingado,
Contenta-te com as lágrimas que choro.

41.

Que poderei do mundo já querer,
Que naquilo em que pus tamanho amor,
Não vi senão desgosto e desamor,
E morte, enfim, que mais não pode ser!

Pois vida me não farta de viver,
Pois já sei que não mata grande dor,
Se cousa há que mágoa dê maior,
Eu a verei; que tudo posso ver.

A morte, a meu pesar, me assegurou
De quanto mal me vinha; já perdi
O que perder o medo me ensinou.

Na vida desamor somente vi,
Na morte a grande dor que me ficou:
Parece que para isto só nasci!

42.

Oh! quão caro me custa o entender-te,
Molesto Amor, que, só por alcançar-te,
De dor em dor me tens trazido à parte
Onde em ti ódio e ira se converte!

Cuidei que para em tudo conhecer-te,
Me não faltasse experiência e arte;
Agora vejo na alma acrescentar-te
Aquilo que era causa de perder-te.

Estavas tão secreto no meu peito
Que eu mesmo, que te tinha, não sabia
Que me senhoreavas deste jeito.

Descobriste-te agora; e foi por via
Que teu descobrimento e meu defeito,
Um me envergonha e outro me injuria.

43.

Conversação doméstica afeiçoa,
Ora em forma de boa e sã vontade,
Ora duma amorosa piedade,
Sem olhar qualidade de pessoa.

Se depois, porventura, vos magoa
Com desamor e pouca lealdade,
Logo vos faz mentira da verdade
O brando Amor, que tudo em si perdoa.

Não são isto que falo conjecturas,
Que o pensamento julga na aparência,
Por fazer delicadas escrituras.

Metido tenho a mão na consciência,
E não falo senão verdades puras
Que me ensinou a viva experiência.

44.

Pois meus olhos não cansam de chorar
Tristezas, que não cansam de cansar-me;
Pois não abranda o fogo em que abrasar-me
Pôde quem eu jamais pude abrandar;

Não canse o cego Amor de me guiar
A parte donde não saiba tornar-me;
Nem deixe o mundo todo de escutar-me,
Enquanto me a voz fraca não deixar.

E se nos montes, rios, ou em vales,
Piedade mora, ou dentro mora Amor
Em feras, aves, plantas, pedras, águas,

Ouçam a longa história de meus males
E curem sua dor com minha dor;
Que grandes mágoas podem curar mágoas.

45.

Quando da bela vista e doce riso,
Tomando estão meus olhos mantimento,
Tão enlevado sinto o pensamento
Que me faz ver na terra o Paraíso.

Tanto do bem humano estou diviso,
Que qualquer outro bem julgo por vento;
Assim, que em caso tal, segundo sento,
Assaz de pouco faz quem perde o siso.

Em vos louvar, Senhora, não me fundo,
Porque quem vossas cousas claro sente,
Sentirá que não pode merecê-las.

Que de tanta estranheza sois ao mundo,
Que não é de estranhar, Dama excelente,
Que quem vos fez, fizesse céu e estrelas.

46.

Em prisões baixas fui um tempo atado,
Vergonhoso castigo de meus erros;
Inda agora arrojando levo os ferros,
Que a Morte, a meu pesar, tem já quebrado.

Sacrifiquei a vida a meu cuidado,
Que Amor não quer cordeiros nem bezerros,
Vi mágoas, vi misérias, vi desterros.
Parece-me que estava assi ordenado.

Contentei-me com pouco, conhecendo
Que era o meu contentamento vergonhoso,
Só por ver que cousa era viver ledo.

Mas minha estrela, que eu já agora entendo,
A Morte cega, e o Caso duvidoso,
Me fizeram de gostos haver medo.

47.

Verdade, Amor, Razão, Merecimento,
Qualquer alma farão segura e forte;
Porém, Fortuna, Caso, Tempo e Sorte,
Têm do confuso mundo o regimento.

Efeitos mil revolve o pensamento
E não sabe a que causa se reporte;
Mas sabe que o que é mais que vida e morte,
Que não o alcança humano entendimento.

Doutos varões darão razões subidas,
Mas são experiências mais provadas,
E por isso é melhor ter muito visto.

Cousas há i que passam sem ser cridas
E cousas cridas há sem ser passadas,
Mas o melhor de tudo é crer em Cristo.

48.

No mundo poucos anos, e cansados,
Vivi, cheios de vil miséria dura:
Foi-me tão cedo a luz do dia escura,
Que não vi cinco lustros acabados.

Corri terras e mares apartados,
Buscando à vida algum remédio ou cura;
Mas aquilo que, enfim, não quer ventura,
Não o alcançam trabalhos arriscados.

Criou-me Portugal na verde e cara
Pátria minha Alenquer; mas ar corruto,
Que neste meu terreno vaso tinha,

Me fez manjar de peixes em ti, bruto
Mar, que bates na Abássia fera e avara,
Tão longe da ditosa pátria minha!

49.

Cá nesta Babilónia, donde mana
Matéria a quanto mal o mundo cria;
Cá onde o puro Amor não tem valia,
Que a Mãe, que manda mais, tudo profana;

Cá, onde o mal se afina, e o bem se dana,
E pode mais que a honra a tirania;
Cá, onde a errada e cega Monarquia
Cuida que um nome vão a desengana;

Cá, neste labirinto, onde a nobreza
Com esforço e saber pedindo vão
Às portas da cobiça e da vileza;

Cá neste escuro caos de confusão,
Cumprindo o curso estou da natureza.
Vê se me esquecerei de ti, Sião!

50.

O dia em que eu nasci morra e pereça,
Não o queira jamais o tempo dar,
Não torne mais ao mundo, e, se tornar,
Eclipse nesse passo o sol padeça.

A luz lhe falte, o céu se lhe escureça,
Mostre o mundo sinais de se acabar,
Nasçam-lhe monstros, sangue chova o ar,
A mãe ao próprio filho não conheça.

As pessoas, pasmadas de ignorantes,
As lágrimas no rosto, a cor perdida,
Cuidem que o mundo já se destruiu.

Ó gente temerosa, não te espantes,
Que este dia deitou ao mundo a vida
Mais desaventurada que se viu!